LETTRE A UN PRÊTRE

SUR

L'AGITATION ULTRAMONTAINE

PAR L'AUTEUR DE

UN PAYSAN ET SON CURÉ

PRIX : 1 Franc

PARIS

CHEZ Mme MARIE BLANC, ÉDITEUR

54, RUE DOMBASLE, 54

ET CHEZ LES PRINCIPAUX LIBRAIRES.

LETTRE A UN PRÊTRE

L'AGITATION ULTRAMONTAINE.

LETTRE A UN PRÊTRE

SUR

L'AGITATION ULTRAMONTAINE

PAR L'AUTEUR DE

UN PAYSAN ET SON CURÉ.

PRIX : 1 Franc.

PARIS

CHEZ Mme MARIE BLANC, ÉDITEUR,

54, RUE DOMBASLE, 54

ET CHEZ LES PRINCIPAUX LIBRAIRES.

A Monsieur Francisque SARCEY,

Rédacteur du *XIXe Siècle*.

MONSIEUR,

Vous avez été assez bienveillant pour insérer dans votre spirituel et vaillant journal quelques communications que je me suis permis de vous adresser naguère. C'est là un premier titre qui expliquerait suffisamment la liberté que je prends de vous dédier ma modeste brochure. Vous en avez un second, bien autrement important. C'est celui-ci : votre plume fine et mordante ne laisse échapper aucune occasion de fustiger les menées factieuses du Cléricalisme.

Veuillez agréer, Monsieur, avec l'excuse de ma hardiesse, l'expression de mes sentiments respectueux et dévoués.

BOURGOINT-LAGRANGE,
Ancien Magistrat.

LETTRE A UN PRÊTRE

SUR

L'AGITATION ULTRAMONTAINE.

* * *

A Monsieur l'abbé J:....., aumônier des Carmélites de X........

MONSIEUR L'ABBÉ,

Vous vous demanderez, sans doute, en recevant cette lettre, pourquoi j'ai éprouvé le besoin de vous l'écrire, et surtout pourquoi je lui ai fait les honneurs de l'impression.

Jé vais satisfaire votre légitime curiosité.

En vous écrivant, je comble une lacune; car, lors de notre dernière entrevue, je n'ai pas eu le loisir de répondre à différentes questions que vous m'avez fait la faveur de me poser.

En soumettant ma lettre à la presse, j'ai voulu montrer que les plus obscurs doivent concourir, sans hésiter, dans les conjonctures extrêmement graves où se trouve l'Europe, à démasquer et à confondre les vrais ennemis de la paix du Monde.

Procédons par ordre et commençons par combler la lacune.

C'était....., il y a peu de temps. Je cheminais dans une rue de X..... On m'appelle. Je me retourne : c'était vous. Plusieurs années s'étaient écoulées depuis que nous ne nous étions vus. La conversation s'engage, courtoise, amicale. Vous aviez été jadis mon professeur de sixième et de cinquième, à l'époque où ma famille ayant eu, je ne sais sous quelle fâcheuse inspiration, la velléité de me placer chez les Jésuites, dont, malgré mon jeune âge, j'avais instinctivement frayeur, elle consentit à transiger avec moi et se contenta de m'envoyer faire mes études au collége ecclésiastique de B.....

La conversation ne tarda pas à se porter sur le terrain de la Politique. Vous me demandâtes : « Êtes-vous avec les bons? » — « Assurément; je suis avec les républicains. » — « Oh ! que vous m'étonnez; vous, si bon, si bien doué » (ce sont vos propres paroles). — « Merci du compliment; c'est sans doute pour cela que je suis républicain. »

Et j'ajoutai :

« De votre côté, je n'aperçois que la Routine et l'Oppression ; de l'autre, je vois briller le Progrès et l'Émancipation humaine. Aussi me suis-je enrôlé avec bonheur sous la bannière de la République. J'ai même eu l'occasion de donner un faible gage de mon attachement aux idées libérales en publiant dernièrement un dialogue sur la

séparation des églises et de l'État, sous ce titre :
« *Un Paysan et son Curé.* »

Là-dessus vous avez daigné me catéchiser pendant
une heure, usant tantôt de douces paroles, tantôt de
paroles amères, avec cette nuance que les paroles
amères semblaient vous venir beaucoup plus facilement sur les lèvres. Vous m'apparaissiez alors tel
que vous étiez dans votre chaire du collége : la ter-
reur de vos trente élèves. Vous me rendrez cette
justice que je ne parle pas sous l'impression de la
rancune, car je ne crois pas m'être jamais mis dans
le cas d'encourir vos sévérités. Mais vous faisiez
sécher les autres de peur.

Comme on se souvient, après plus de vingt ans !

Oui, vous aviez, le jour de notre dernière rencontre, cette parole brève et saccadée, cette pronon-
ciation dentale des *rr redoublées,* ces sourcils relevés,
ce front plissé, ce geste dur et impérieux, qui
clouaient autrefois à leur banc vos écoliers éperdus.

Vous vous étonnez peut-être, Monsieur l'Abbé,
de me voir évoquer ces souvenirs d'enfance, et vous
vous dites, sans doute : « *A quoi bon?* » Je consens à
vous donner l'explication de cette puérilité appa-
rente.

En vous faisant connaître tel que vous étiez, il y a
vingt ans, aux lecteurs de cette lettre (ne souriez
pas, tout se lit en France, peu ou prou), et en leur
résumant notre entretien récent, ils constateront chez
vous que le prêtre à peine sorti du séminaire et le
prêtre mûri dans le ministère ont exactement les
mêmes tendances dominatrices. Et comme il n'est

pas indispensable d'être un profond observateur pour remarquer que presque tous les membres du clergé sont taillés sur le même patron et façonnés au même moule, on conclura : *Ab uno disce omnes,* si vous en connaissez un, vous les connaissez tous.

Ceci me conduit à vous parler d'une lettre que l'abbé D..., aumônier des Ursulines de votre ville, m'a écrite tout récemment. Jusqu'à ces derniers jours, j'avais cru l'abbé D... un homme placide et tolérant. Quant à supposer qu'il prît, à un moment donné, l'offensive et qu'il devint agressif, je me serais porté garant du contraire. Confesser des nonnes, enseigner le catéchisme aux petites filles, se livrer à la culture de l'Histoire et des Belles-Lettres, et faire de la Photographie à temps perdu, telles étaient les occupations dans lesquelles je le croyais exclusivement absorbé. Aussi, quelle ne fut pas ma surprise quand je reçus de lui la missive que je vais analyser.

L'abbé D... commence par m'exposer qu'il a lu « *Un Paysan et son Curé,* » et que cet opuscule n'a pas son approbation. Puis, il m'annonce qu'il va me parler « avec toute la franchise d'un ancien maître. » Là-dessus l'honorable aumônier des Ursulines prend à partie mon humble dialogue sur la séparation des églises et de l'État, dans un style plein d'aménité, ainsi que vous allez en juger par quelques extraits :

« Vous savez comme moi, dit M. l'abbé D..., que ces « sophismes, ces allégations ont déjà couru les rues depuis

« longtemps, et que les esprits droits en ont fait bonne jus-
« tice. Vous n'avez donc dit rien de nouveau. Mais, si vous
« ne disiez rien de nouveau, il fallait au moins dire quel-
« que chose de raisonnable et conforme au bons sens. »

Plus loin :

« Vous mettez l'absurdité au service du mauvais esprit,
« qui traduit mal, qui interprète mal. »

Ailleurs :

« Qu'il me suffise de vous dire un mot sur le titre de
« votre dialogue : SÉPARATION, etc. C'est là une question qui
« a été mise en avant par quelques énergumènes qui ne
« savaient pas ce qu'ils hurlaient, ou par des esprits systé-
« matiquement hostiles à l'Église catholique. Mais vous sa-
« vez que d'autres esprits, sans être plus bienveillants pour
« elle, mais plus clairvoyants, plus habiles et plus *opportu-*
« *nistes,* se sont opposés à la solution de cette question et
« l'ont mise de côté. Ils savaient bien, ces habiles, que, si
« l'Église était séparée de l'État, indépendante de sa tutelle,
« elle grandirait avec sa liberté ; et que, si on la trouve encore
« puissante, même avec sa dépendance, elle le serait bien
« plus lorsqu'elle n'aurait plus d'entraves. Les habiles ont
« compris cela, et ils se sont bien gardés de passer outre.
« Ils ont mieux aimé la tenir attachée à la colonne, en con-
« servant le droit de la flageller, comme les Juifs flagellè-
« rent son divin fondateur. Mais, qu'importe ; l'Église catho-
« lique résistera toujours, comme elle résiste depuis dix-
« huit siècles, à toutes les flagellations qu'on a voulu lui
« infliger. Vous n'ignorez pas que, depuis les grands sou-
« verains en manteau de pourpre jusqu'aux chétifs garibal-
« diens en chemise rouge, beaucoup sont venus se briser
« contre la colonne qu'on appelle l'Église ; colonne qui n'est
« inébranlable que parce qu'elle est la colonne de vérité.
« Malgré toutes ces attaques, lumière plus inextinguible
« que celle du Soleil, elle continuera toujours à verser les
« flots de cette lumière *sur ses obscurs blasphémateurs.* »

Puisqu'il faisait allusion à l'ode de Lefranc de Pompignan sur la mort de J.-B. Rousseau, l'abbé D... aurait pu employer les expressions *torrents de lumière,* dont s'était servi le poète *si apprécié par Voltaire.* Vous voyez, Monsieur l'Aumônier des Carmélites, que votre confrère des Ursulines ne vous est guère inférieur en véhémence, lorsqu'il sort de sa quiétude de chanoine. Et c'est un des prêtres les plus doux que je connaisse !

Le reste de son épître roulait sur les vertus *naturelles* et les vertus *surnaturelles.* C'est de la Théologie pure, et comme je suis peu versé dans cette *utile* science, je crois que j'agis sagement en renonçant à citer cette savante partie.

L'honneur que M. l'abbé D... m'avait fait en m'écrivant méritait une réponse. Je la lui ai adressée dans les termes les plus respectueux. Je me contenterai d'en reproduire ici deux passages trèscourts :

« Vous voulez me parler, me dites-vous, « avec la fran-
« chise d'un ancien maître..... » C'est bien là la préoccupation
« constante du prêtre : parler en maître. Quand il n'est pas
« actuellement le maître, il se console en se rappelant qu'il
« l'a été. »

. . . .

« Vous dites que, si l'Église était séparée de l'État, elle
« grandirait. Le clergé est donc bien coupable de refuser
« la liberté à l'Église. »

L'épisode de la lettre de l'abbé D... m'a fait abandonner un moment le résumé auquel je me livrais de notre dernière conversation. Permettez

que je le reprenne. Vous tonniez contre les républicains. Les mots « rouges, brigands, gredins,
scélérats, assassins, » et mainte autre épithète
encore moins anodine, se pressaient sur vos lèvres.
Ces qualificatifs accompagnaient des récits pres-
sés, heurtés, entrecoupés, incohérents, de prétendus
crimes commis par les républicains et spécialement
par les membres du Gouvernement de la Défense
nationale.

Je voulus avancer que votre archevêque était,
d'après ce qu'on m'avait affirmé, très-satisfait de
l'avénement de M. Jules Simon à la présidence du
Conseil des ministres.

. . . .

Cette ligne de points, Monsieur l'Abbé, remplace
votre réponse. Vous voyez que je ne veux pas vous
faire donner des férules par votre supérieur hiérar-
chique.

Je poursuis.

Vous teniez tout cela, me dîtes-vous, du journal
l'*Univers*. Je vous demandai si cette estimable feuille
vous avait, dans le temps, tenu au courant des faits
et gestes de pieuses gens du département de Vau-
cluse, qui avaient manœuvré d'une façon particu-
lière contre la personne de M. Gambetta au profit de
la candidature de M. du Demaine.

Vous m'avez répondu avec un calme adorable et
sur un ton de sublime indifférence que l'*Univers* ne
vous avait pas entretenu de cela. Je n'y puis vrai-
ment croire ; vous n'aurez pas lu l'impartial organe,
ce jour-là.

Brusquement vous me posâtes la question suivante : « Que pensez-vous du *Syllabus* ? » — Je répondis : « C'est une monstruosité. » — « Mais alors, cher enfant — *comme en sixième* — vous n'êtes pas avec le Saint-Père, vous êtes perdu, vous êtes hors de l'Église ! »

Aujourd'hui, Monsieur l'Abbé, voulez-vous que je vous dise un peu plus longuement ce que je pense du *Syllabus* ?

Le voici :

Le *Syllabus* a la prétention de signaler les principales erreurs de notre temps. Je ne vous fatiguerai pas à passer en revue les quatre-vingts propositions de cet acte apostolique. Ce travail a déjà été fait. Je me bornerai à vous rappeler celles qui choquent le plus la liberté de conscience, les lois établies et les mœurs publiques.

Et d'abord, *la proposition III* lance l'anathème contre quiconque soutient que la raison humaine, considérée sans aucun rapport à Dieu, est l'unique arbitre du vrai et du faux, du bien et du mal.

Vous aurez, je crois, assez de peine, Monsieur l'Abbé, à décider les hommes qui se croient *raisonnables* à laisser humilier aussi gravement la raison humaine sans protester.

D'après *la proposition XI,* c'est une erreur condamnable de soutenir que l'Église ne doit jamais sévir contre la Philosophie.

D'où il suit que, si le vieillard du Vatican en avait le pouvoir, nous verrions refleurir les jours heureux

de l'Inquisition, agrémentés d'amendes honorables
et d'auto-da-fé.

C'est encore un mensonge impie, selon *la proposition XII,* de soutenir que les décrets du Siége
apostolique et des congrégations romaines empêchent le libre progrès de la science.

Effectivement. Et le *Syllabus* est là pour prouver
clairement le contraire !

De même, vous méritez le feu éternel si vous êtes
imbu de cette croyance qu'il est libre à tout homme
d'embrasser et de professer telle religion qu'il jugera réputée vraie, guidé par la lumière de la raison.
C'est *la proposition XV* qui vous condamne.

Dans mon enfance, on m'avait enseigné, au catéchisme, que l'on pouvait faire son salut dans n'importe quelle religion, pourvu qu'on fût sincère dans
ses convictions.

Je vois qu'*on a changé tout cela,* comme dans le
Médecin malgré lui.

Prenons garde. Nous encourrons l'excommunication majeure si nous nous entêtons à persévérer
dans l'erreur signalée par *la proposition XX,* et qui
consiste à prétendre que la puissance ecclésiastique
ne doit pas exercer son autorité sans la permission
et l'assentiment du gouvernement civil.

Quoi de plus naturel, de plus régulier, de plus
normal, en effet, que de laisser tranquillement
l'évêque de Rome tenir en échec les lois des diverses
nations, les méconnaître, les violer et ordonner aux
prêtres soumis à son obéissance de les fouler aux
pieds? Prétendu captif du Vatican, que n'affirmez-

vous votre droit de commander dans tous les pays du monde au bras séculier?.....

Mais, que dis-je, vous invoquez ce droit dans *la proposition XXIV*, qui fulmine contre ceux qui contestent à l'Église le droit d'employer la force.

Discite a me quia mitis sum, avait dit Jésus.

La proposition XXVIII est factieuse au premier chef, Monsieur l'Abbé. Elle méconnaît audacieusement la loi de *Germinal an X*, ou ce qu'on appelle dans la pratique *les articles organiques* qui suivirent le Concordat de 1801. Cette proposition affirme le droit des évêques de publier les lettres apostoliques sans la permission du Gouvernement.

La proposition XXXII lance les foudres papales contre l'affirmation suivante :

« L'immunité personnelle, en vertu de laquelle les clercs
« sont exempts de subir et d'exercer la milice *(qua clerici*
« *ab onere subeundæ exercendæque militiæ eximuntur)*,
« peut être abrogée sans aucune violation de l'équité et du
« droit naturel. Le progrès civil demande cette abrogation,
« surtout dans une société constituée d'après une législa-
« tion libérale. »

Comme, d'après le *Syllabus*, c'est le contraire de cette affirmation qui est la vérité, il s'ensuit qu'on violerait le droit naturel et l'équité si l'on obligeait les prêtres et les séminaristes, qui n'ont d'ailleurs aucune exemption physique ou légale à faire valoir, à se courber devant la règle commune et à participer à l'impôt du sang. Il s'ensuit, également, qu'il est absolument inexact qu'une législation libérale et le progrès civil exigent la suppression de cet abus.

Je n'argumente pas, vous le voyez, Monsieur l'Abbé ; je me contente d'en appeler au Bon-Sens.

Le *recours pour abus*, vulgairement désigné sous la dénomination d'*appel comme d'abus*, est critiqué dans *la proposition XLI*. C'est un encouragement officiel, divin même, à l'insoumission à l'égard de la puissance temporelle. Et pourtant, Monsieur l'Abbé, je me permets de critiquer, moi aussi, la législation relative au recours pour abus. Je ne suis pas mû par les mêmes raisons que l'auteur du *Syllabus*, cela s'entend. Mais je considère que citer un évêque inamovible devant le Conseil d'État, pour arriver, lorsque la poursuite aboutit, à lui dire, dans un style convenu, qu'il a eu tort, est une procédure dénuée de portée.

Je n'aurais cure, je vous le confesse, si j'étais prélat français, de l'*appel comme d'abus*. Quelle situation avantageuse pour l'évêque poursuivi ! Il peut, suivant les besoins de la cause, se poser en martyr ou en triomphateur. En martyr, si quelque avantage doit en ressortir ; en triomphateur, s'il peut se permettre, sans inconvénient, de donner l'essor à son amour-propre satisfait. La loi sur le *recours pour abus* est une loi dépourvue de sanction, comme serait celle qui édicterait une simple réprimande contre un banqueroutier frauduleux ou un faux-monnayeur.

Les propositions XLV et suivantes condamnent les tendances de ceux qui revendiquent pour l'État le droit de conserver la haute direction de l'enseignement.

2*

Il serait plus commode pour le clergé, j'en con-
viens, de dispenser les grades universitaires à sa
convenance et de jauger arbitrairement la capacité
de ses élèves en prenant pour unité de mesure le
billet de confession.

La proposition qui suit *(la L V^e)* a besoin à peine
d'être indiquée. Il est évident que le *Syllabus* ne
veut pas que l'État soit séparé de l'Église. Le
clergé crie volontiers bien haut que, s'il était payé
par les fidèles, il serait plus largement rétribué. Il
faut néanmoins être prudent et ne pas tuer la poule
aux œufs d'or.

D'après les principes du *Syllabus*, c'est une fu-
neste erreur *(proposition LXIIe)* que de proclamer
et d'observer le principe de *non-intervention*. D'où
il résulte que, chaque fois que le Pape ou un
évêque crie à la persécution, l'État doit mettre
l'armée et la flotte en mouvement, le pays dût-il être
anéanti dans la lutte.

Je ne m'étends pas davantage, quant à présent,
sur cette LXIIe proposition ; j'en renvoie l'étude à la
fin de cette causerie intime.

La proposition LXXVI élève à la hauteur
d'un dogme la doctrine sur le principat civil
du Pontife romain, doctrine que tous les catholiques doivent professer avec la plus grande fer-
meté : *Quam catholici omnes firmissime retinere
debeant.*

Je termine, Monsieur l'Abbé, ce rapide examen
du *Syllabus* par un coup-d'œil sur les quatre der-
nières propositions de ce document. Elles visent les

prétendues « erreurs qui se rapportent au libéralisme moderne. »

L'une de ces erreurs, selon le Vatican, est de considérer, à notre époque, qu'il n'est plus expédient que la religion catholique soit regardée comme l'unique religion de l'État, à l'exclusion de tous les autres cultes.

Retournons la phrase : pour le Pape, il n'y a qu'une chose qui soit légitime : c'est la religion d'État, avec le cortége que vous savez.

La seconde erreur du libéralisme moderne est de trouver tout naturel que les hommes qui émigrent dans un pays y puissent jouir de l'exercice public de leurs cultes particuliers.

Le Vatican est d'un avis diamétralement opposé.

La troisième des erreurs, qui sont les vrais signes du temps, est celle qui se formule ainsi :

« Il est faux que la liberté civile de tous les cultes et le
« plein pouvoir laissé à tous de manifester ouvertement et
« publiquement toutes leurs pensées et toutes leurs opi-
« nions jettent plus facilement les peuples dans la corrup-
« tion des mœurs et de l'esprit, et propagent la peste de
« l'indifférentisme. »

Le Chef de la Chrétienté spirituelle affirme, lui, que la liberté de conscience corrompt l'esprit et les mœurs. A son point de vue, c'est incontestable. Il est certain que le libre-examen, la critique philoso-phique, l'observation méthodique, détournent tous les jours des ouailles du bercail ultramontain. Mais, si le Pape proclame ce résultat un mal, il se rencontre de bons esprits qui sont d'une opinion différente.

Enfin, la dernière des principales erreurs du libéralisme notées d'infamie par le *Syllabus* est celle-ci :

« Le Pontife romain peut et doit se réconcilier et com-
« poser avec le Progrès, le libéralisme et la civilisation mo-
« derne. »

La vérité, d'après l'infortuné captif du Vatican,
est que le Pape doit lutter contre le Progrès et
enrayer la civilisation.

Cette suprême aspiration n'est pas seulement une
injure odieuse au Travail, au Savoir, à l'Améliora-
tion laborieuse de la condition humaine, c'est de
plus et surtout une niaiserie. J'en suis bien fâché
pour le successeur de saint Pierre. Seulement, qu'il
daigne se souvenir que le Progrès est un torrent,
et que le miracle du Jourdain remontant vers sa
source ne semble pas avoir de chances pour être
renouvelé.

Voilà, Monsieur l'Abbé, ce que je vous aurais dit
du *Syllabus,* lors de notre dernier entretien, si j'avais
eu le loisir de causer posément avec vous. Mais vous
étiez en possession de la parole, et il n'était pas
commode de l'usurper.

Je vous laissai donc discourir, et vous en avez dit
long, car vous avez le verbe aisé, et je puis ajouter
facile, attendu que vous n'êtes pas *regardant* sur le
choix de l'expression, surtout si vous jugez qu'elle
doit profondément blesser votre adversaire.

Vous alliez d'un train à en remonter à la Malle-
des-Indes. Cette abondance fut même cause que
nous nous quittâmes presque réconciliés. Effective-

ment, après avoir passé en revue tous les autres systèmes politiques, vous vous êtes abattu
avec impétuosité sur le bonapartisme, et j'avoue
que j'ai savouré franchement les justes diatri-
bes que vous avez lancées contre cet abominable
régime.

Je suis également d'accord avec vous pour répu-
dier l'orléanisme, quoique nos motifs diffèrent un
peu. Vous, vous écartez les princes d'Orléans parce
que vous les soupçonnez d'être un peu voltairiens,
comme feu leur père, et parce que vous craindriez
qu'ils ne favorisassent les instituteurs au détriment
des curés. Nous, les républicains, nous les repoussons à cause de leur qualité de princes d'abord, et en-
suite à cause de leur égoïsme, de leur avarice et de
leurs sentiments anti-patriotiques. Nous les repoussons pour avoir réclamé 50 millions à la France au
moment où elle perdait l'Alsace et la Lorraine, et
où elle payait à l'Allemagne une rançon de cinq mil-
liards. Nous les repoussons parce que, depuis, ils ont
obtenu du Conseil d'État une somme de 1,200,000 fr.
sur la caisse de la Légion d'honneur. Nous les repoussons parce qu'ils font condamner à des dom-
mages-intérêts de pauvres diables qui ramassent
quelques brindilles de bois dans leurs immenses
forêts. Nous les repoussons, enfin, parce que, à l'occasion de la dernière élection sénatoriale, ceux des
sénateurs qui agissent en tout sous leur inspiration
ont conspiré avec les bonapartistes contre le candi-
dat républicain. Vous savez que, dans cette conjonc-
ture, l'un des hommes les plus loyaux et les plus

autorisés du parti orléaniste s'est voilé la face et s'est écrié que son parti s'était *avili*.

Où nous sommes en dissentiment, par exemple, je n'ai pas besoin de vous le rappeler, c'est sur les prétendus droits de la branche aînée. Selon vous, le comte de Chambord est aussi infaillible en matière politique que le comte Mastaï-Feretti l'est en matière religieuse. A votre sens, le fils posthume du duc de Berry est le plus clairvoyant des voyants. On prétend que M. de Falloux, qui pourtant est universellement regardé comme légitimiste, ne partage pas absolument votre sentiment. L'aveuglement de son « Roy » sur certains points cause son désespoir, et il a poussé, un jour, paraît-il, ce cri significatif : « Puisque Dieu ne veut pas lui ouvrir les yeux, qu'il les lui ferme. » N'est-ce pas, Monsieur l'Abbé, que vous trouvez ce propos sacrilége?

Je n'ai point la prétention de vous convaincre. Je ne l'essaierai même pas. Toutefois, je ne puis m'empêcher de songer que les membres du clergé sont bien aveugles ou bien serviles. Ils voudraient revenir au beau temps de la Féodalité pour être toujours aux côtés du seigneur de leur village et s'asseoir fréquemment à sa table. Et, de nos jours même, certains hobereaux se donnent le bon genre d'avertir le desservant de leur paroisse que son couvert est mis *au château* tous les dimanches. Ou vous ne vous apercevez pas que le baronnet s'offre ainsi un chapelain à bon marché, une sorte de grand domestique (le mot étant pris dans le sens un peu relevé du XVIIe siècle). Ou vous le comprenez très-bien, et vous acceptez de gaîté de cœur cette humiliante vassalité. Dans le premier cas, je vous plains ; dans le second, je vous..... plains aussi. Car une chose est certaine, Monsieur l'Abbé, c'est que jamais, au grand jamais, nul ne persuadera aux gens entichés de leur particule que nous sommes pétris du même limon qu'eux. — Je dis NOUS, entendez-le bien : vous comme moi, moi comme vous.

La conviction qu'ils sont d'une race supérieure à la nôtre est un préjugé incurable de leur éducation. Ceux d'entre eux qui, d'aventure, croient un peu aux mystères que vous enseignez, vous tiennent bien quelque compte de ce que vous transformez en Dieu une hostie de fleur de farine ; mais cette considération ne suffit pas à rapprocher complétement les distances. Vous, l'abbé X..., vous êtes toujours, à leurs yeux, le fils d'un paysan du Médoc ; vous, l'abbé Y..., vous sentez encore la poix de cordonnier que vous pétrissiez étant enfant dans la boutique de votre père ; vous, l'abbé Z..., vous avez encore sur vos vêtements les faufils qui s'égaraient sur vous dans l'atelier de votre mère, couturière à façon.

Et ne croyez pas que la noblesse traite avec dédain les seuls roturiers. Si l'on n'est pas gentilhomme depuis la bataille de Pavie, tout au moins, on n'est pas de son monde. Aussi, tel haut fonctionnaire, dont j'ai ouï parler, prête-t-il secrètement à rire aux comtes et aux barons qu'il reçoit à sa table et dans ses salons par la raison qu'il n'a la particule que depuis trois ou quatre ans.

Ah ! lorsque le cadet d'une ancienne famille ruinée entre dans l'état ecclésiastique, c'est différent, bien différent ! Celui-là, on le choie, on l'entoure d'égards, on le respecte absent aussi bien que présent. *On est entre soi,* pour employer leurs expressions. Celui-là devient prélat ! Les Édouard Pie sont des exceptions.

Sortis du peuple, votre voie serait de marcher avec le peuple. La vanité s'y oppose. Le Progrès y trouvera son compte. L'obstination du clergé à se tenir éloigné de la Démocratie aura ce résultat salutaire que l'émancipation complète de la raison humaine sera plus prochaine. Le peuple est bon, crédule, sensible aux marques d'attention. Il est loin d'être encore affranchi des superstitions dont on a imprégné son intelligence. Il faut bien le dire : le peuple a des côtés puérils ; il a aussi, un peu, le faible qui consiste à céder devant le prestige (prestige des manières, prestige du langage, prestige du costume). Que vous auriez pu profiter de tous ces défauts de cuirasse, Messieurs du clergé ! Vous ne l'avez pas voulu. La Philosophie, la Raison et la Démocratie s'en applaudissent. Vous allez peut-être vous raviser et tenter une campagne sur des errements nouveaux. Vous entendrez alors la phrase fatidique qui résonne toujours aux oreilles des pouvoirs déchus : « Il est trop tard ! »

Et, en effet, il est trop tard pour vous : le Peuple est averti ; tous vos expédients sont percés à jour ; toutes vos mines sont éventées.

Vous n'en continuez pas moins à vous faire illusion, aveuglés que vous êtes par le désir de dominer.

Oui, Messieurs du clergé, vous voulez dominer, dominer partout, dominer quand même, dominer toujours ! Courbés sous l'autorité de vos supérieurs ecclésiastiques, menés à la baguette, ployés sous une discipline arbitraire et tyrannique, vous vous vengez d'être ainsi tenus en esclavage par l'oppression que vous exercez à votre tour sur les troupeaux qui vous sont soumis. Que ce soient des enfants, dans vos maisons d'éducation, ou des adultes, dans vos paroisses, vous vous efforcez d'en faire des adeptes aveugles et dociles. Et vous y parvenez trop fréquemment.

Je n'oublie pas que ce n'est point une histoire du despotisme clérical que j'écris, mais *une simple lettre à un membre du bas-clergé*. Aussi, ne craignez pas de me voir entrer dans de grands développements. Je ne veux vous rappeler qu'un fait qui restera éternellement gravé dans ma mémoire, tant je me suis indigné, lorsque j'ai eu assez de raison pour cela, contre la façon dont on abuse parfois de la naïve crédulité du bas-âge. J'ajoute que ce sont mes méditations sur ce fait grave qui m'ont amené à me livrer à d'autres méditations, lesquelles m'ont conduit, en définitive, à un degré de foi considérablement affaibli.

Et voilà comment, en dépit de votre réputation d'hommes fins, vous commettez quelquefois d'insignes maladresses. Vous voulez trop forcer la note, et vous arrivez à un résultat absolument contraire à celui que vous poursuiviez.

Ce fait déplorable...... pour vous, le voici :

Vers ma treizième année, on nous conduisit, au nombre de trente ou quarante, au sanctuaire de Notre-Dame de Verdelais. — La grotte de Lourdes n'avait pas encore été découverte, ou du moins elle n'était pas encore célèbre. — La veille de ce pélerinage, on avait instamment recommandé à chacun de nous de préparer une lettre pour la sainte Vierge. Cette lettre devait contenir l'aveu sincère des fautes de toute notre vie et la demande des grâces que nous jugions utiles à notre félicité sur cette terre et à celle des personnes qui nous étaient chères, ainsi qu'à notre salut éternel et au leur. Pauvres candides enfants que nous étions, nous rédigeâmes ces lettres avec la plus parfaite sincérité ! Nous les portâmes à Verdelais, et, à un signal donné, nous allâmes les déposer dans une grande boîte, derrière l'*autel privilégié*.

Vous ne me faites pas l'injure, n'est-ce pas, Monsieur l'Abbé, de supposer que je vais, naïf comme je l'étais à l'époque, me livrer à des hypothèses sans nombre sur le sort de ces lettres. Ces lettres, vous et vos confrères, vous les avez ouvertes, lues, commentées et incontestablement tournées en ridicule, après avoir, d'après leur contenu, pénétré peut-être de poignants secrets de famille. Elles existent peut-être encore, classées avec soin et disposées dans des casiers alphabétiques, car vous êtes habiles, Messieurs du clergé, à vous faire des armes de tous les objets. Qui sait même si quelques-unes, tirées de cet arsenal mystérieux, n'ont pas servi à nuire à leurs auteurs, dans le monde séculier? Et puis, on peut citer des lettres en oubliant de reproduire leurs dates. Vous vous récriez?... De quel droit, s'il vous plaît? Quand on fait écrire par des enfants des lettres à la sainte Vierge, ces enfants, devenus grands, réfléchissent que la sainte Vierge n'a pas besoin qu'on lui écrive, puisqu'elle entend, assure-t-on, même la prière mentale, et que, par conséquent, les lettres qu'on lui destinait ont probablement servi à satisfaire la curiosité de personnes en chair et en os. Et, par une association d'idées toute naturelle, ils concluent que, si l'on s'est joué de leur crédulité dans ce cas, on est capable de fourberie dans maint autre.

Cette digression m'a entraîné un peu loin, Monsieur l'Abbé. Mais une lettre est une causerie, et il lui est permis de faire des écarts..... excepté quand elle est adressée à la Mère de Dieu.

C'est le lieu, maintenant, de revenir sur *la proposition LXII* du *Syllabus*, qui condamne le principe de *non-intervention* et qui, par contre, exalte l'intervention en faveur du Siége pontifical.

C'est dans cet esprit que le Pape Pie IX a prononcé récemment (le 12 mars) une allocution anti-humanitaire, suivie d'une lettre anti-patriotique de M. de Ladoue, évêque de Nevers, adressée au Président de la République française.

Et la lettre de l'évêque trace au Chef du pouvoir exécutif la marche à suivre pour donner satisfaction aux aspirations cléricales :

« La meilleure mesure à prendre, lui dit-il, est de
« *déclarer nettement,* dès ce moment, *que vous n'acceptez*

« *aucune solidarité avec la Révolution italienne,* et que vous
« dégagez, autant qu'il dépend de vous, la France de Char-
« lemagne et de saint Louis de toute connivence avec cette
« Révolution qu'ils ne reconnaissent pas pour fille. *Cette*
« *parole, nettement formulée et* FERMEMENT SOUTENUE, aura,
« dans les conseils de l'Italie, une puissance bien plus ef-
« ficace que tous les *jamais* prononcés par l'un des plus
« hauts représentants du régime impérial. Vous aurez du
« moins ainsi dégagé votre responsabilité et procuré, autant
« qu'il dépendra de vous, la liberté de vos concitoyens ca-
« tholiques, qui vous en seront profondément reconnais-
« sants. »

Mais comme, dans l'Église, on ne donne rien pour
rien, M. de Ladoue fait entrevoir en ces termes au
maréchal Mac-Mahon la récompense après le service
rendu :

« Indépendamment de ce devoir accompli, vous aurez
« rallié autour de vous tout ce que le monde catholique
« compte encore de fidèles dispersés; vous aurez renoué la
« chaîne des anciennes traditions de notre France et repris
« votre place de FILS AÎNÉ DE L'ÉGLISE. »

M. l'évêque de Nevers ne s'est pas contenté
d'adresser cette lettre à M. le Président de la République. Il l'a fait imprimer et l'a expédiée, avec une
circulaire, aux sous-préfets et aux maires du département de la Nièvre. Et il n'est pas hors de propos
de porter à la connaissance de ceux qui peuvent
l'ignorer encore que l'adjoint de la commune de Luzy,
en l'absence du maire, a répondu de la bonne encre
à celui qui signe Thomas-Casimir.

La lettre de l'adjoint de Luzy est une pièce parfaite. Elle peint la situation de la manière la plus
précise, et montre quels sont les devoirs des bons

citoyens dans la crise présente. Elle est digne à tous égards de la reproduction *in extenso.*

La voici :

« Monseigneur,

« Vous me faites l'honneur de m'adresser administrative-
« ment, c'est-à-dire en franchise postale, votre lettre pas-
« torale aux fidèles du diocèse de Nevers, lettre accompa-
« gnée de l'allocution de Notre Très-Saint-Père le Pape
« Pie IX aux cardinaux de l'Église romaine.

« Vous y joignez, dans un autre paquet affranchi, une
« circulaire de Votre Grandeur et une lettre adressée à
« M. le Maréchal-Président de la République française, à
« ce que je puis supposer.

« Dans sa circulaire, — adressée sans doute à tous mes
« collègues du département, — Votre Grandeur nous engage,
« comme dépositaires d'une partie de la puissance exécutive,
« à user de toute notre influence pour obtenir le change-
« ment d'un ordre de choses qu'elle regarde comme anor-
« mal ; elle nous engage, en outre, à nous concerter avec
« elle pour faire prévaloir, dans les divers conseils du pays,
« des convictions analogues à celles exprimées dans ladite
« circulaire.

« Bien que je m'explique difficilement, Monseigneur, le
« rapport qui peut exister entre les circulaires que vous me
« faites l'honneur de m'adresser et mes fonctions adminis-
« tratives, je crois néanmoins devoir vous en accuser récep-
« tion, et vous dire ce que je compte faire.

« Mon devoir, Monseigneur, me semble tout tracé. Dépo-
« sitaire, en effet, d'une partie, très-petite partie de la puis-
« sance exécutive, et tenant ma nomination tant de la con-
« fiance dont le Chef de l'État a bien voulu m'honorer que
« de la libre élection de mes concitoyens, je me souviendrai
« qu'avant tout, je suis magistrat français, et qu'à ce titre,
« mon premier devoir est d'obéir aux lois de mon pays et
« de maintenir, au sein des populations que j'ai l'honneur
« d'administrer, la paix et la concorde.

« Ce devoir, Monseigneur, permettez-moi de vous le dire,
« est le vôtre comme il est le mien.

« Aussi, je regarderais comme un manque de respect
« envers le Chef de l'État et envers mes concitoyens d'ac-
« céder aux propositions par lesquelles vous cherchez à
« nous engager dans une sorte de croisade en faveur du
« Souverain-Pontife contre un roi et contre un peuple amis
« de la France. C'est vous dire assez, Monseigneur, que
« non-seulement je n'userai pas de mon influence ad-
« ministrative pour propager les doctrines que contient
« votre circulaire, mais que je ferai de mon mieux
« pour arrêter cette propagande dans la mesure de mes
« moyens.

« Si, à titre purement privé, quelqu'un de mes adminis-
« trés venait me consulter sur ce grave sujet, voici ce que
« je répondrais :

« L'appel qu'on fait en ce moment aux populations est
« des plus funestes, il ne peut conduire que rapidement à
« la guerre civile et à la guerre étrangère; il tend à nous
« ramener aux plus tristes jours de nos guerres religieuses.
« La France n'a donc pas assez souffert pour que les mi-
« nistres d'un Dieu de paix viennent apporter dans son sein
« le germe de nouvelles souffrances! »

« J'ajouterais : « La vérité pour moi, c'est que jamais notre
« Saint-Père le Pape ne fut plus libre, plus riche, plus
« honoré; sa voix peut se faire entendre librement d'un
« bout du monde à l'autre pour tout ce qui concerne la re-
« ligion dont il est le chef; sa liberté est aussi complète que
« celle de tout homme, de tout souverain. Qu'il aille où bon
« lui semble, il sera reçu partout avec la vénération due à
« son caractère et les honneurs dus à son titre. Sa fortune
« est dix fois supérieure à celle du Président de la Républi-
« que française, qui ne se plaint pourtant pas d'être trop
« pauvre. »

« Voilà, Monseigneur, ce que je ne manquerai pas de
« dire à ceux qui viendront me consulter, et je suis certain
« qu'ils écouteront mes paroles, car ils savent que je n'ai
« jamais trompé personne.

« C'est dans ces sentiments, Monseigneur, que j'ai l'hon-
« neur d'être, de Votre Grandeur, le dévoué serviteur.

Pour le Maire de Luzy absent :

Lucien GUENEAU,

ancien capitaine de cavalerie, adjoint.

Vers le même temps, le comte de Chambord écrivait à Mme veuve Roux, en lui envoyant ses condoléances au sujet de la mort de son mari, journaliste légitimiste du Midi :

« Tout ennemi de l'Église est un ennemi de la France. »

Eh ! oui, tout simplement.

C'est aussi sous l'influence de *la proposition LXII* du *Syllabus* que certains catholiques faisaient récemment circuler une pétition dans laquelle ils s'adressaient au Président de la République et où ils lui disaient :

« Les catholiques soussignés, citoyens Français, ont le
« devoir de recourir à vous. Ils vous demandent d'employer
« tous les moyens qui sont en votre pouvoir pour faire res-
« pecter l'indépendance du Saint-Père, sauvegarder son
« administration et assurer aux Catholiques de France
« l'indispensable jouissance d'une liberté plus chère que
« toutes les autres : celle de leur conscience et de leur
« foi. »

Au milieu des graves préoccupations qui remplissent l'Europe, de semblables provocations auraient pu avoir les plus désastreuses conséquences. Heureusement que la sagesse et le patriotisme d'un nombre considérable de citoyens a protesté par une pétition qui est la contre-partie de la précédente.

Il y est dit :

« Dans les circonstances difficiles que l'Europe traverse
« en ce moment, une telle manifestation est aussi impru-
« dente qu'anti-patriotique. Si elle n'était pas accueillie par
« vous comme elle le mérite, elle pourrait engager la France
« dans des complications dont l'esprit se refuse à prévoir les
« conséquences.

« Nous savons qu'en Italie, comme chez nous, la liberté
« de conscience repose à la fois sur les solides garanties de
« la loi et de l'opinion publique, et que le gouvernement
« italien, sans se départir de la patience et de la longanimité
« dont il a donné tant de preuves depuis l'occupation de
« Rome, ne songe qu'à répondre, par de simples mesures
« d'ordre public, à d'incessantes provocations et à des appels
« réitérés à l'intervention étrangère.

« Convaincus d'avance que le gouvernement et les Cham-
« bres sont justement préoccupés d'assurer la paix publique
« et la sécurité nationale contre les prétentions excessives
« d'une secte qui, pour arriver à ses fins, n'hésiterait pas à
« déchaîner sur la France les plus grands maux,

« Les soussignés vous conjurent de faire prompte et
« exemplaire justice d'une démarche aussi dangereuse pour
« les vrais intérêts de la religion que pour ceux de la
« patrie. »

Au milieu de ces manifestations cléricales, un
symptôme très-alarmant se manifeste : c'est que
les clameurs tumultueuses ne s'élèvent pas seulement à Rome et parmi les meneurs ultramontains
de France. Les autres contrées où il y a des catholiques sont pressenties par les agitateurs cléricaux.
C'est ainsi que l'archevêque de Westminster, le
cardinal Manning, a prononcé, dit-on, le jour de
Pâques, du haut de sa chaire, les paroles suivantes :

« Ce qu'on appelle la question d'Orient recevra la solution

« que la Providence lui a assignée : l'indépendance du
« Saint-Siége. Les hommes ont en vain essayé de lui en
« donner un autre. Aujourd'hui, Pie IX est prisonnier ;
« mais le bouleversement européen qui se prépare amènera
« au milieu de ses cataclysmes l'indépendance du Souve-
« rain-Pontife. »

Je pourrais multiplier les citations et prouver,
pièces en mains, qu'en Belgique, en Espagne, en
Irlande, le clergé fait signer aux fidèles des pétitions conformes à un type unique. Mais je ne perds
pas de vue, Monsieur l'Abbé, que c'est une simple
lettre que j'écris, et que, si je veux lui conserver
quelque intérêt, je dois la renfermer dans d'étroites
limites.

Toutefois, je ne puis me dispenser de reproduire
ces lignes extraites de l'*Univers :*

« Marchons droit au but, s'écrie-t-il ; n'oublions pas qu'à
« ralentir le mouvement des pétitions, nous risquons d'isoler
« nos évêques, de compromettre l'avenir... Sans doute, le
« vote tournera contre nous, mais les débats feront pénétrer
« la vérité jusque dans la presse ennemie. ».

En conséquence, une autre feuille dit :

« Plusieurs journaux annoncent qu'une réunion de plu-
« sieurs membres de la droite du Sénat a eu lieu chez
« M. Béhic, dans laquelle on aurait arrêté les termes d'une
« interpellation touchant la situation faite au Pape par le
« Gouvernement italien. Cette interpellation serait déposée
« par MM. de Belcastel et de Gavardie, le lendemain de la
« rentrée des Chambres. »

Pie IX est au courant, bien entendu, de toutes
les manœuvres qui s'accomplissent. C'est, dit-on,
le cardinal Siméoni qui en est l'inspirateur ; mais

le Pape les encourage. Aussi, le journal l'*Italie* est-il probablement bien renseigné quand il raconte ce qui suit :

« Le Pape a chargé un prélat de rédiger une nouvelle
« allocution divisée en trois parties. La première traitera de
« la guerre faite à l'Église par les gouvernements et par les
« sectes. La seconde s'occupera des progrès du Catholicisme
« dans les diverses parties du monde. La troisième partie
« sera consacrée à l'avenir de l'Église et à la conduite que
« devront tenir les évêques et les catholiques dans les luttes
« futures. »

S'étonnera-t-on, après cela, que le *Daily-News*, journal britannique, dise textuellement :

« D'énergiques efforts se font au Vatican pour amener la
« chute du ministre français, M. Jules Simon. »

L'audace des prélats français n'a plus de bornes. L'évêque d'Angers, M. Freppel, dont la vanité n'avait pas fait de tapage depuis quelques semaines, a écrit au ministre des cultes pour lui reprocher la circulaire par laquelle il interdit aux laïques de parler dans les églises. Il est vrai, assure-t-on, que M. Martel s'est borné à répondre à Sa Grandeur angevine que sa lettre était inconvenante quant à la forme et quant au fond.

Les cœurs patriotiques ne peuvent rester indifférents en présence des périls que le fanatisme s'efforce de créer au pays. Aussi, la *République française* annonce-t-elle ceci :

« La gauche interpellera sur les actes du parti ultramon-
« tain et proposera un ordre du jour rappelant au gouver-
« nement qu'il est de son droit et de son devoir de

« condamner les ultramontains et de les réduire pour long-
« temps à l'impuissance. »

J'arrive à ma conclusion, Monsieur l'Abbé. Vous
et vos pareils, vous voulez nous pousser aux abîmes
par tous les moyens. Il suffit de posséder un grain
de bon-sens pour s'en apercevoir.

Mais, ici encore, vous pourriez manquer totale-
ment votre but.

J'invoque, à ce sujet, l'opinion d'un homme qui
ne passe pas pour intransigeant. Je veux parler de
M. John Lemoine. Cet éminent rédacteur du *Journal des Débats* s'exprimait ainsi dans un de ses
derniers articles :

« Cette campagne épiscopale pourrait bien, sans qu'on
« s'en doute, faire faire un grand pas à une réforme radi-
« cale, à la séparation de l'Église et de l'État. Nous ne nous
« en plaindrons pas; car le jour où cette division sera faite,
« chacun des deux pouvoirs recouvrera sa liberté et assu-
« mera sa part de responsabilité. »

M'appuyant sur une autorité aussi considérable,
je me permettrai d'émettre, à mon tour, un avis.
Il était évident pour tout le monde qu'une lutte suprême s'engagerait, dans un avenir plus au moins
éloigné, entre les deux puissances qui se disputent
l'empire de l'Univers : La Libre-Pensée et le Fanatisme. Cette lutte éclate beaucoup plus tôt qu'on ne
l'aurait supposé. Et c'est le clergé qui donne le
signal des hostilités. Que la responsabilité des ca-
tastrophes qui pourront s'ensuivre retombe tout
entière sur lui !

Quant à l'issue de la lutte, bien qu'on ne puisse

absolument la prévoir, elle ne sera probablement pas favorable aux cléricaux, et ils se préparent bien des déceptions s'ils s'imaginent que la population les soutiendra.

Maintenant, Monsieur l'Abbé, croyez-bien que je fais bon visage, en tant qu'homme du monde, aux ecclésiastiques que je connais personnellement. Il en est même quelques-uns dont j'apprécie l'érudition et le talent, et avec lesquels j'entretiens un agréable commerce d'amitié. Cette petite lettre, si elle se répand un peu, pourra peut-être diminuer le nombre de ces aimables relations, mais j'attendrai, je vous en donne ma parole, que ceux de vos confrères qui voudront rompre avec votre serviteur le lui donnent clairement à entendre.

Pour vous, Monsieur l'Abbé, je suis bien convaincu que vous conserverez toujours vos bonnes grâces à

Votre très-respectueux

Très-reconnaissant

Et très-obéissant ancien élève,

BOURGOINT-LAGRANGE.

Périgueux. — Imprimerie Charles RASTOUIL, rue Taillefer, 31.

LES VIERGES DE FEU, par de Peybrune. In-8°............... 1 fr.
Cet intéressant ouvrage a pour but de montrer les dangers qui peuvent résulter, pour une jeune fille, de l'abus des pratiques dévotieuses.

UNE PAGE DE L'HISTOIRE DE LA VILLE DE METZ, par Louis de Vallières, 1 vol. in-18 .... 1 fr.
Cet ouvrage, qui doit trouver sa place au foyer de tout Français, fait connaître, à l'aide d'une nouvelle très-mouvementée, l'histoire de notre ville-sœur qui gémit sous le joug étranger : il est, en outre, une protestation contre les assertions des pédants d'Outre-Rhin, qui osent affirmer que Metz est une ville allemande.

LES VANDALES ET LES PROFANES DE L'AMOUR. — I. Le Bouc. — II. Le Satyre. — III. — Le Libertin. — IV. Le Lovelace. — V. Le Galant. Suivis d'une petite et simple ébauche romanesque, par Angély FEUTRÉ, 1 beau vol. in-18 imprimé avec luxe sur beau papier....... 2 fr.

LES VÉRITABLES FLÉAUX DES CAMPAGNES OU SORCELLERIE ET SUPERSTITIONS, par Martin VOLNAY, 1 vol.................... 60 c.

LA VIE, LES PASSIONS ET LA MORT, avec des conseils pour prolonger ses jours, par le Dr S. VITREY. Matières contenues dans le 1er volume : I. Considérations physiologiques sur la génération de l'homme. — II. Des différents âges de la vie. — III. De l'Enfance. — IV. De l'adolescence et de la Jeunesse. — V. De la virilité. — VI. De la vieillesse. — VII. De la caducité. — VIII. Des tempéraments en général. — IX. Classification des tempéraments. — X. Modification des Tempéraments. — XI. De la taille : des géants et des nains. — XII. De la beauté physique. — 2e volume : XIII. Des passions et des émotions. — XIV. De l'expression des passions et des émotions sur la physionomie. — XV. De la durée de la vie. — XVI. De l'art de prolonger la vie et du régime hygiénique. — XVII. De la mort : des inhumations précipitées. — XVIII. Conclusion. — 2 vol. in-18 jésus imprimés sur beau papier... 3 fr. 50

IAMBES RÉPUBLICAINS, par ROBERT-DUTERTRE.............. 1 fr. 50

IMPOT UNIQUE ET PROGRESSIF, par H. BÉLIÈRES, in-8°........ 50 c.

HISTOIRE D'UN ANNEXÉ : SOUVENIRS DE 1870-1871, par Ch. GUYON. Série de récits émouvants du plus haut intérêt. 1 beau volume in-18 jésus.......................

PHILOSOPHIE NOUVELLE, par H. BÉLIÈRES, ancien professeur de l'Université, 1 fort v. grand in-8°. 3 fr.

DE LA DÉCADENCE ET DU RELÈVE DES PEUPLES, par E. LOBGEOIS. Ce livre fort intéressant contient les notions élémentaires et indispensables sur le milieu habité par les races humaines, ainsi que les diverses phases en lesquelles sa vie s'est divisée jusqu'à ce jour, 1 vol. in-8°.................... 2 fr. 50

LE PROGRÈS. — *Les Religions :* Christ et Jésus. — Le trône et l'autel. — Le XVIIIe siècle. — *La Révolution française :* Le Jeu de Paume. — La Bastille. — La Convention. — Peuples contre rois. — *La Science :* Les miracles. — Dieu et Cie. — Lourdes. — Le vrai Dieu. — *Le Peuple :* Napoléon-le-Dernier. — Les sauveurs. — Le siége de Paris. — La question sociale. — 1 beau volume in-18, avec le portrait de Danton, par BERTHEZÈNE.......... 3 fr.

IDÉE GÉNÉRALE DE LA RÉVOLUTION FRANÇAISE, par BERTHEZÈNE, grand in-8°.................... 2 fr.

Envoi contre timbres-poste ou mandat de poste.

Périgueux. — Imprimerie Charles RASTOUIL, rue Taillefer, 31.

www.ingramcontent.com/pod-product-compliance
Ingram Content Group UK Ltd.
Pitfield, Milton Keynes, MK11 3LW, UK
UKHW021020120726
13693UKWH00005B/2094